Vente des Mardi 14 Mai et Mercredi 15 Mai 1867

COLLECTION

DE FEU

M. L'AMIRAL PAGE

OBJETS DE LA CHINE

ET DU JAPON

Exposition publique le Lundi 13 Mai 1867

Me CHARLES PILLET, COMMISSAIRE-PRISEUR | M. CHARLES MANNHEIM, EXPERT

1867

CATALOGUE

DES

OBJETS DE LA CHINE

ET DU JAPON

Bronzes; Émaux cloisonnés;
Bijoux; Matières précieuses; Laques de belle qualité;
Porcelaines; Armes;
Sculptures en bois et en ivoire; Grand nombre de Boutons japonais en ivoire; Objets variés;
BRONZES et MEUBLES
du temps de Louis XV et de Louis XVI; Cabinets italiens;
Meubles en bois sculpté

Composant la Collection de feu M. l'amiral PAGE

ET DONT LA VENTE AURA LIEU

PAR SUITE DE SON DÉCÈS

HOTEL DROUOT, SALLE N° 5

Les Mardi 14 et Mercredi 15 Mai 1867

A DEUX HEURES.

Par le ministère de Me **Charles PILLET**, Commissaire-Priseur,
11, rue de Choiseul,

Assisté de M. **Charles MANNHEIM**, Expert, rue de la Paix, 10.

Chez lesquels se trouve le Catalogue.

EXPOSITION PUBLIQUE

Le Lundi 13 *Mai* 1867, *de une heure à cinq heures.*

CONDITIONS DE LA VENTE

Elle sera faite au comptant.

Les adjudicataires payeront *cinq pour cent* en sus des enchères.

L'exposition mettant le public à même de se rendre compte de l'état des objets, il ne sera admis aucune réclamation une fois l'adjudication prononcée.

Paris. — Imp Pillet fils aîné, rue des Grands-Augustins, 5.

DÉSIGNATION DES OBJETS

Bronzes japonais

1-3 — Trois braseros à trois pieds en boules et à deux anses, les unes tordues, les autres natées, les dernières articulées comme des bambous. L'un est cannelé, les deux autres creusés circulairement d'enfoncement martelés. Deux ont en relief au poutour, des ornements sacrés et le signe antique *Longévité*, l'autre n'a qu'une bordure d'ornements; les deux premiers portent des inscriptons japonaises.

Diam., 21 cent.

4 — Brasero à quatre lobes portant en relief, d'un coté la carpe dans les ondes, de l'autre des oiseaux. Les anses sont à têtes de chimères.

Larg., 31 cent.

N. B. — Le pré ent Catalogue a été rédigé par M. Albert Jacquemart.

5 — Cassolette à panse cannelée et à deux anses avec zones d'ornements archaïques.

Bronze très-ancien à patine noire ; couvercle et pied en bois sculpté à jour.

Diam., 105 millim.

6 — Ting ou brûle-parfums rectangulaire, portant sur les quatre faces le dragon japonais dans les flots ; ceux des deux extremités sont placés pour que leurs têtes formant relief complet servent d'anses. Dessus à jour, composé de dragons dans les nuages.

Bronze noir finement ciselé à reliefs dorés ; en dessous une inscription de *Sionen-té* des Ming, indique sans doute un hommage fait par le Mikado à l'empereur de Chine. Pied en bois sculpté à jour.

Long., 14 cent. Larg., 12 cent., Haut. 15 cent.

7 — Deux ting ou brûle-parfums circulaire à trois pieds formés de têtes chimériques.

Bronze blanc à reliefs élégants ressortant sur fonds colorés.

Diam., 29 cent.

8 — Vases japonais en bronze jaune ; corps déprimé à carène supportant des chiens de fo dressée : à la base du col des ornements gravés.

Haut., 335 millim.

9 — Coupe hémisphérique surbaissée à trois pieds en arc : vieux bronze à patine noire granuleuse.

Diam., 125 millim.

10 — Vases lagénoïdes à corps surbaissé surmonté d'un long col cylindrique.

Bronze à patine noire lustrée.

Haut., 245 millim.

11 — Vase à pied évasé, panse lenticulaire à carène, et col élevé largement évasé au sommet ; bord dressé à rosaces en relief ; sur le haut de la panse des palmettes aussi en relief.

Bronze à patine noire

Haut., 22 cent., Ouverture., 22 cent.

12 — Vase à panse Sphéroïdale et col largement évasé. Même décor que le précedent.

Haut., 165, millim. Diam., 27 cent.

13 — Vase Sphéroïdal portant en relief deux dragons et la foudre ; couvercle en émail cloisonné excessivement fin. Travail japonais. Pied en bois de fer.

Diam., 6 cent.

14 — Garniture d'autel composée de trois pièces ; savoir : un petit ting ou brûle-parfums couvert, à trois pieds ; il est

surmonté d'un chien de fo et porte sur les flancs un autre chien de fo et la tortue sacrée ; ses anses sont formées de nuages. Deux flambeaux, aussi à trois pieds sortant de têtes de dragons, portent le dragon à trois griffes, le fong-hoang et la tortue sacrée.

Diam. du ting, 7 cent. Haut. des flambeaux, 20 cent.

15 — Petit vase Sphéroïdal à trois pieds coniques avec anse et faux goulot comme une théière ; le couvercle attaché à l'anse est une tête de chimère à la gueule ouverte.

Haut., 11 cent.

16 — Petit ting à quatre pieds et à deux anses, formées de têtes de dragons ; sur les côtés, deux médaillons avec oiseaux sur des branches fleuries ; sur le couvercle un chien de fo entouré de rinceaux à jour.

Diam., 7 cent.

17 — Une paire de petits vases à pied élevé, corps sphéroïdal et col très-élevé ; bronze marron à reliefs en partie dorés. Les anses sont formées de groupes de nuages.

Haut., 12 cent.

18. — Vases portant en relief le dragon dans les flots ; autour du bord une grecque.

Haut. 24 cent.

19 — Fontaine couverte en forme d'urne, à deux anses sortant de têtes fantastiques; le robinet est formé d'un dragon japonais en haut relief; sur le couvercle un oiseau éployé. Bronze rouge gravé des flots et du dragon impérial japonais.

Haut. et diam., 85 cent.

20 — Petit vase ovale composé d'une feuille avec ses nervures et un bourgeon à sa base.

Long., 11 cent.; larg., 75 milli.

21 — Théière à anse supérieure et bec très-allongé. Bronze jaune non patiné avec zones de perles et de fleurs de pêcher.

Diam., 14 cent.

22 — Petite théière en bronze doré gravé de frises d'ornements, de fonds semés de bambous; deux médaillons latéraux portent les armoiries de Moezasi.

Diam., 6 cent.

23 — Chien de fo, la tête contournée et une patte en l'air. Il est sur pied en bois de fer sculpté à jour.

Haut., 10 cent.

24 — Deux pi-tong bas à base spéroïdale; bronze à patine verte, avec inscription gravée.

Haut., 9 cent.; diam., 11 cent.

25 — Deux pi-tia ou porte pinceaux dentelés à dragons en relief.

Larg., 10 cent.

26 — Pi-tia ou porte pinceaux formé d'un groupe de deux dragons entrelacés.

Long., 18 cent.

27 — Bouilloire en métal travaillé au marteau et laqué extérieurement. Anse supérieure garnie en bambou.

Diam., 9 cent.

28 — Autre analogue, étamée et martelée de dépressions en forme de nuages.

Diam., 9 cent.

Bronze incrusté

29 — Urne basse en bronze jaune légèrement patiné et incrusté de beaux ornements en filets d'argent.

Vieux travail japonais.

Diam., 15 cent.; haut., 125 millim.

30 — Grand cornet en bronze à nœud médian renflé, portant, ainsi que la base, quatre crêtes en relief et des orne-

ments archaïques. A la base du col de beaux ornements incrustés en filets d'argent. Vieux travail chinois.

En dessous, le caractère : Cheou, longévité.

Pied en bois sculpté à jour.

Haut., 44 cent.

31 — Vase biforme à panse hémisphérique coupée à angle droit et col évasé portant deux anses formées de fong hoang.

Bronze jaune à peine patiné et incrusté d'ornements en argent. Travail japonais. Pied en bois sculpté à consoles.

Haut., 34 cent.

32 — Vases en forme de bouteilles, ouverture évasée à file droit, anses composées de dragons.

Bronze japonais incrusté de filets d'argent représentant la tortue sacrée dans les flots.

Haut., 36 cent.

33 — Vase libatoire oblong à anse et bec coupé; bronze incrusté d'ornements en argent.

Long., 19 cent.

34 — Cassolettes rectangulaires à quatre petits pieds; bronze gris incrusté d'une bordure de grecques et de groupes de bambous, en filets d'argent.

Long., 92 millim. ; larg., 6 cent.

*

35 — Deux porte-cierges en bronze gris incrusté d'argent; ils se replient de manière à former un vase ovale couvert et à deux petites anses en ailerons. En dessous, une inscription antique.

Larg.. 7 cent. ; haut. développée, 9 cent.

36 — Deux grands vases lancelle à corps bas et ouverture très-évasée; les anses sont formées de grands papillons.

Bronze gris à incrustations d'argent représentant des carpes dans l'onde.

Haut., 46 cent.

37 — Boîte lenticulaire à pied ; bronze doré du Japon dit Tonkin. Dessus des personnages en relief, entourés de saules et de pêchers à fleurs ; au pourtour des branches fleuries.

Diam., 6 cent.

38 — Tasse à cinq lobes et à anse en forme de branche ; les médaillons, finement ciselés, représentent des paysages avec figures.

Pied en bois finement sculpté à jour.

Haut., 38 cent. ; diam., 37 c   t.

Bronzes chinois

39 — Ting ou brûle-parfums rectangulaire à quatre pieds élevés et anses dressées. Reliefs sur fonds semés de grecques.

Couvercle en bois sculpté à jour, représentant un écureuil sur une vigne ; pied également à jour avec rochers, plantes, papillons.

Diam., 145 milli.; haut., totale, 30 cent.

40 — Vase antique ovale de plan, à deux anses formées de têtes fantastiques. Zones et bandes d'ornements en relief à fond de grecques avec têtes de dragons et insectes formant saillie. Dessous losangé.

Pied en bois sculpté.

Haut., 33 cent. ; grand diam., 22 cent.

41 — Cornet élancé et très-évasé au sommet ; il est divisé en six lobes imitant les pétales d'une fleur, et coupé, au tiers inférieur, par un nœud saillant.

Pied en bois de fer sculpté.

Haut., 26 cent.

42 — Flambeau en forme de bouteille fixée sur son pied à jour; vieux bronze à patine noire granuleuse.

Haut., 21 cent.

43 — Cornet en bronze jaune à reliefs archaïques et fonds patinés en noir.

Pied en bois sculpté à jour.

Haut., 20 cent.

44 — Ting on brûle-parfums circulaire à trois pieds formés de têtes chimériques, et deux anses composées de dragons à queues fourchues. Époque antérieure aux Ming. Dorure moderne.

Pied en bois de fer sculpté.

Diam., 205 milli.

45 — Ting ou brûle-parfums circulaire à trois pieds courts et anses latérales formées de têtes de chimères; des saillies hémisphériques garnissent les bandeaux. En dessous une inscription indiquant la période Siouen-te des Ming (1426 à 1435). Dorure moderne.

Pied en bois sculpté.

Diam., 18 cent.

46 — Ting quadrilobé à quatre pieds et deux anses formées de têtes chimériques. Inscription indiquant la période Siouen-te des Ming (1426 à 1435).—Dorure moderne.

Pied en bois de fer sculpté.

Diam., 135 milli.

47 — Petite cassolette à deux anses formées de têtes de coqs. En dessous une inscription indiquant une fabrication de la période Siouen-te des Ming (1426 à 1435).

Bronze jaune, dorure moderne.

Pied en bois sculpté,

Diam., 8 cent.

48 — Vase en bronze à deux petites anses; patine brunâtre.

Haut., 10 cent.

49 — Bassin en cuivre jaune repoussé au marteau et gravé; le pourtour imite une fleur; sur le bord sont des fleurs dans des médaillons, et au centre, un empereur dans un paysage.

Il est posé sur un pied pliant en bois noir à six montants.

Diam., 40 cent.

50 — Plateau en cuivre repoussé à godrons; sur le bord, des ornements gravés, et au fond un sujet.

Diam., 235 mill.

51 — Autre dont l'extérieur imite la fleur de nelombo.

Diam., 22 cent.

52 — Deux cassolettes hémisphériques, gravées extérieurement. Travail turc.

Diam., 85 cent.

53 — Théière presque cubique à angles rentrants et panneaux en relief. Étain.

En dessous une inscription en relief.

Diam., 85 mill.

Émaux cloisonnés

54 — Garniture d'autel composée d'un ting ou brûle-parfums rectangulaire en bronze doré et gravé, garni de plaques en émail cloisonné, fond turquoise, et de deux flambeaux en émail de même fond à rinceaux et ornements polychromes.

Largeur du ting, 23 cent. Haut. des flambeaux, 21 cent.

Les trois pièces sont sur pieds en bois sculpté ; celui du ting, à jour et à consoles.

55 — Flaçon à long col en émail cloisonné, fond bleu, à dessins polychromes très-fins.

En dessous, une inscription gravée indique que la pièce à été fabriquée pour l'empereur *Kien-long* de la dynastie des Taï-thsing, *en automne.*

Haut., 85 milli.

56 — Trois couvercles hémisphériques en bronze recouvert d'un émail très-finement cloisonné.

Travail japonais ancien.

Diam., 4 cent.

Argent

57 — Flacon-tabatière en argent sculpté en relief; au pourtour, des rinceaux et deux têtes de chimères supportant des anneaux fixes; au milieu, des dragons à quatre griffes mordant une boule en malachite ou en corail; col émaillé bleu. Bouchon en vermeil orné de malachites et de corail et portant la petite spatule habituelle.

Haut., 85 millim.; larg., 6 cent.

58 — Petit pi-tong hexagone en argent gravé et percé à jour; il renferme des instruments de toilette et est contenu dans un petit sac en réseau de soie.

Haut., 85 millim.

59 — Lingot d'argent coulé en forme de vase libatoire; sur le milieu de la goutte centrale le signe : *cheou*, longévité, en relief.

Largeur à l'ouverture, 43 millim.

60 — Monnaie-lingot, portant en relief : *Fait pendant la période kia-long; demi d'argent de cinq tsiens.*

Long., 42 millim.; larg., 14 millim.

61-62 — Monnaies d'argent (deux lots).

Avers : *Un ko d'argent.*

Revers : en creux : *Ting*, immutabilité.

En relief : Yn tso tchang chi, l'argent a son siége etsa loi dans la droiture.

Long., 23 millim.; larg., 15 millim.

63 — Division de la même monnaie.

Avers : *Un tchu d'argent.*

Revers : Mêmes légendes.

Long., 15 millim.; larg., 9 millim.

Pierres dures et autres

64 — Cristal de roche. — Vase bursair élevé, à couvercle capsulaire; autour du vase s'enroule un dragon; un autre rampe sur le couvercle.

Pied en bois sculpté.

Haut., 12 cent.

65 — Cristal de roche. — Vase formé d'une fleur de yu-lan portée sur ses tiges.

Pied en bois sculpté rustique.

Haut., 10 cent.; larg., 95 millim.

66 — Cristal de roche. — Groupe composé de deux animaux fantastiques couchés.

Pied en bois de fer sculpté à jour.

Long., 10 cent., larg., 6 cent.

67 — Cristal de roche', chien de fo, la patte appuyée sur une boule et pose sur un socle carré.

Haut., 5 cent.; diam., 38 millim.

68 — Calcédoine. — Deux coupes à anses, à lobes découpés. Travail chinois.

Pieds en bois sculpté.

Grand diam., 9 cent.

69 — Flacon à tabac en sardoine.

Haut , 75 millim.

70 — Flacon à tabac en jaspe rouge veiné imitant un fruit. Bouchon en jade émeraude portant la spatule d'écaille.

Haut., 65 millim.

71 — Jade orange. — Groupe en forme de fo-cheou (cédrat main de fo) avec ses tiges et ses feuilles.

Il est posé sur un pied en bois finement sculpté à jour, représentant un bouquet de chrysanthèmes.

Long., 105 millim.; haut., 8 cent.

72 — Jade blanc laiteux. — Bol campanulé excessivement mince et très-pur.

Diam., 15 cent.

73 — Jade blanc nébuleux. — Théière rectangulaire à anse composée de feuilles d'acanthe ; sur les quatre faces, des bouquets ornementés ; sur le couvercle un bouchon floriforme.

Travail persan.

Long., 14 cent.; larg., 63 millim.; haut., 12 cent.

74 — Jade blanc granuleux. — Boîte à quatre lobes, sculptée en relief de grecques, rinceaux et bouquet ornemental.

Travail persan, d'une excessive minceur.

Long., 85 millim.; larg., 58 cent.

75 — Jade blanc. — Vase ovale couvert, à deux anses élevées, portant en relief des têtes de dragons, des ornements archaïques et des insectes.

Pied en bois de fer sculpté.

Diam., 11 cent.; haut., 77 millim.

76 — Coupe formée par une fleur d'hibiscus entourée d'un réseau détaché de tiges fleuries, d'une grande délicatesse.

Pied en bois sculpté à jour en rustique.

Diam., 13 cent.; haut., 6 cent.

77 — Vase entouré par un dragon à trois griffes, et posé sur un rocher qui porte un homme tenant une boîte et une tige de nélombo ; un autre personnage élève une gourde d'où s'échappe la foudre.

Pied en bois sculpté en rustique.

Haut., 175 millim.; larg, à la base, 11 cent.

78 — Coupe libatoire à anse avec déversoir antérieur; couvercle à saillies terminé par la tête du dragon; sur les angles antérieurs, de petits dragons ailés en relief.

En dessous l'inscription . *Kien-long* de la dynastie des Taï-Thsing, *semblable à l'antique.*

Dans le couvercle, une autre inscription en ta-tchouen.

Grand diam., 13 cent.

Provient du palais d'été.

79 — Fo-cheou ou cédrat main de fo avec sa branche et ses feuilles.

Pied en bois sculpté à jour représentant une branche d'Euphoria li-tchy.

Long., 125 millim.; larg., 55 millim.

80 — Plaque sculptée à jour, à deux faces, représentant une branche de pêcher chargée de fruits, emblèmes de longévité.

Elle est montée en écran sur un pied en bois à jour où figurent le ling-tchi, le pin et le pêcher.

Diam., 8 cent.

81 — Plaque ovale sculptée à jour et portant les emblèmes de la longévité, c'est-à-dire deux cerfs, le pin et le pêcher à fleurs.

Elle est montée en écran, sur un pied en bois sculpté.

Diam., 9 cent.

82 — Plaque ovale sculptée à jour, et représentant une oie voltigeant parmi des nélombos.

Diam., 10 cent.

83 — Sorte de mesure arrondie par dessous, à faces latérales droites et bord rejeté en arrière. Elle est gravée d'ornements en creux, et percée à jour sur les côtés; elle se meut sur deux axes ou tourillons fixés dans un support en bois finement sculpté.

Larg., 55 millim.

84 — Jade blanc verdâtre. — Vase composé de deux cylindres réunis à la base par une chimère ailée qui porte un aigle ayant dans son bec un anneau mobile. Les deux couvercles ont une poignée commune.

Pied en bois très-finement sculpté à jour.

Haut., 19 cent.; larg., 95 millim.

85 — Cassolette ovale à quatre lobes et à quatre pieds courts; couvercle élevé, surmonté du dragon à quatre griffes.

Elle est sur un pied en soie mandarine posé sur un socle finement sculpté à jour.

Diam., 14 cent.; haut., 16 cent.

86 — Coupe formée d'une feuille de nélumbo, entourée de tiges, feuilles et fruits. Au fond est une grenouille et sur le bord une paludine.

Long., 14 cent.; larg., 10 cent.

87 — Groupe formant coupe, et composé d'une grande feuille de nélumbo autour de laquelle rampent des tiges de la même plante, avec boutons et fruits, des flechières, un dragon et un crabe.

Pied en bois, sculpté à jour de rochers et plantes.

Long., 17 cent.; larg., 14 cent.

88 — Rognon sculpté en forme de rocher garni de quelques plantes, une cavité renferme un anachorète en prières; il est vêtu de feuilles. Sur le haut une inscription gravée est consacrée à ce *ching* ou saint.

Pied en bois sculpté à jour de rochers, pins, lingtchy.

Haut., 20 cent.; larg., 95 millim.

89 — Deux anneaux de pouce, en jade.

90 — Jade vert. — Groupe composé d'un vase à deux anses, couvert et posé sur une étagère. Un fong-hoang et un chien de fo sont appuyés contre le vase.

Pied en bois sculpté.

Larg., 13 cent.; haut., 105 millim.

91 — Vase libatoire dont la base est formée par une chimère ailée, et le col par un évasement découpé en double rinceau.

Pied en bois sculpté, formé de rochers et plantes.

Haut., 11 cent.

92 — Vase élevé, formé par un groupe de feuilles charnues à nervures saillantes.

Il est porté sur un pied en bois sculpté à jour.

Haut., 10 cent.

93 — Corbeille ovale à quatre lobes arrondis en jade vert foncé, gravé à l'intérieur d'un bouquet de bégonia au trait, rempli d'or.

Pied à console, en bois finement sculpté à jour.

Diam., 247 millim.

94 — Deux coupes cylindriques à base hémisphérique; pieds en bois de fer sculpté.

Diam., 7 cent.; haut., 65 millim.

95 — Groupe en pierre de lard rose, composé d'un immortel dansant et portant un collier de monnaies; prés de lui le crapaud à trois pattes.

Haut., 18 cent.

96 — Pierre de lard blanche. Groupe sculpté à jour, représentant le dragon dans les flots avec la carpe.

Il est posé sur un socle en bois noir très-pesant.

Long., 19 cent.; haut., 12 cent.

97 — Albâtre oriental. — Cassolette à trois pieds courts et à deux anses formées de têtes d'éléphants. Pied à consoles et couvercle en bois sculpté à jour, le dernier à bouton de jade formé d'un groupe de ling-tchi, champignon d'immortalité.

Diam., 8 cent.

98 — Rognon d'albâtre oriental en forme d'œuf.

Haut., 7 cent.

Laques du Japon

99 — Boîte lobée hexagonale; laque noir à treillis d'or en relief; sur le couvercle, un bouquet d'or ciselé avec fleurs de chrysanthèmes en laque rouge. Intérieur et dessous en aventurine riche ; sous le couvercle un plateau obturateur aussi aventuriné, avec chrysanthèmes d'or dans des nuages. — Laque impérial.

Diam., 95 milli.

100 — Boîte ovale allongée, dessinant dans son pourtour deux boîtes réunies. Laque noir semé des flots de la mer et de

fleurs détachées de chrysanthèmes en or, argent et acier; une partie du couvercle, en aventurine sombre, porte des guik-mon (chrysanthème armoriale). Doublure d'aventurine; plateau obturateur avec paysage maritime.

Larg., 18 cent.; haut., 107 millim.

101 — Boîte sphéroïdale aplatie; laque fond d'or portant en relief des branches de pêcher dont les fleurs incrustées sont en or, argent et nacre. Intérieur poussiéré d'or.

Diam., 8 cent.

102 — Boîte circulaire en laque fond d'or plein, portant en relief un chien de Fo, un rocher et des plantes. Doublure d'aventurine riche.

Diam., 64 millim.

103 — Petit cabinet étagère à tiroirs; laque aventurine riche à paysages en relief avec incrustations d'or. Le premier tiroir renferme trois boîtes à fond d'or avec plantes et oiseaux en relief. — Laque impérial.

Haut., 105 millim.; larg., 13 cent.

104 — Petite coupe surbaissée; laque aventurine riche à rinceaux d'or rehaussé de noir. Trois chrysanthèmes armoriales (guik-mon) en dedans et deux en dehors, indiquent un laque impérial.

Diam., 10 cent.

105 — Boîte ayant la forme d'un écran sacré, traversé par une branche de bambou; fond d'aventurine riche, sur lequel ressortent en relief deux chiens de Fo et les armoiries de Tsikfoengo; vers le haut sont incrustées, en nacre de perle et en argent, les armoiries de Figo.

Haut., 255 millim. ; larg., 18 cent.

106 — Boîte carrée de plan à faces légèrement bombées, aventurine, portant en relief des rochers et les flots de la mer; doublure d'argent, couvercle à moulure fond or.

Diam., 55 millim. ; haut., 6 cent.

107 — Boîte sphéroïdale élevée, à couvercle surmonté d'un bouton, aventurine riche, portant en relief des bouquets d'une plante symbolique et l'armoirie de Sagami. — Doublure en vermeil.

Haut., 75 millim.

108 — Boîte plus petite et du même service.

Haut., 55 millim.

109 — Boîte de même forme, décorée en relief d'un paysage montueux; armoirie de Bizen.

Haut., 7 cent.

110 — Fassemback de voyage aux armes de l'empereur du Japon. Laque noir à rinceaux d'or portant sur toutes les faces le double kiri-mon. Garniture en bronze doré et

gravé, avec les deux poignées où passe le bâton servant au transport.

Larg., 57 cent.; haut., 43 cent.

111 — Boîte rectangulaire oblongue, laque aventurine riche réticulée d'or et portant en relief le chien de Fo et des branches de pivoines.

Intérieur à trois compartiments.

Long., 105 millim. ; larg., 59 millim.

112 — Boîte oblongue à angles arrondis; aventurine riche, ornée en relief de rinceaux fleuris et des armoiries de Kiy.

Les mêmes armoiries sont gravées sur les plaques qui portent les anneaux où s'attachent les ganses qui servent à fermer la boîte.

Long., 25 cent.; larg., 8 cent.

113 — Boîte de pharmacie à six compartiments; laque noir incrusté de burgau et d'or, d'une excessive finesse; d'un côté un empereur, suivi d'un enfant, offre à manger à la grue sacrée; de l'autre, un Chinois porte la branche de pêcher. Les extrémités et les passants du cordon de soie sont à riches mosaïques.

Haut., 105 millim.

114 — Petite boîte à surfaces curvilignes et à angles arrondis; elle forme deux compartiments recouverts par une pièce en forme de table. Deux anneaux, attachés sur des feuilles

de kiri, portent des tresses de soie destinées à maintenir les trois pièces. Aventurine ornée d'un tronc d'arbre en or, autour duquel s'enroule une vigne à feuilles de burgau.

Larg., 75 mill.; long., 83 mill.; haut., 65 mill.

115 — Nécessaire de fumeur ; laque noir décoré de paysages et oiseaux en or; la poignée porte deux supports pour les pipes : la boîte à feu a la forme d'un toit de chaume, celle à cendre imite une botte de joncs; en bas, un grand tiroir à compartiments, et au-dessus, deux plus petits.

Larg., 26 cent.; prof., 14 cent.; haut., 28 cent.

116 — Autre à anse mobile en cuivre; les deux boîtes gravées de chrysanthèmes; en bas, deux tiroirs opposés. Laque noir à rinceaux d'or et fleurs armoriales.

Haut., 17 cent, larg., 25 cent.

117 — Deux boîtes lenticulaires en laque marron foncé, à reliefs composés de branches de pêchers dont les fleurs et les boutons sont en nacre. Doublure noire.

Diam., 19 cent.

118 — Petite table en laque noir incrusté d'un bouquet en burgau colorié. Moderne.

Long., 39 cent; larg., 26 cent.

119 — Table en laque noir à branches et fleurs d'or, plateau supérieur rouge.

Diam., 43 cent.

120 — Nécessaire à écrire aventuriné, portant en dessus un paysage en relief éclairé par la lune, et à l'intérieur des pins et des cerfs de longévité.

Un plateau intérieur, destiné aux pinceaux, s'insère près de la boîte à eau et de la cavité pour la pierre à broyer.

Long., 245 millim; larg., 205 millim.

121 — Jeu de trois coupes à saki; laque rouge à reliefs d'or; on y voit un pin sur un rocher; la grue vole au dessus; en bas, deux tortues sacrées nagent dans les flots de la mer.

Diam., de 78 millim, à 105 millim.

122 — Boîte sphéroïdale à pied bas; laque usé à rinceaux d'or; en dessus, la fleur de chrysanthème armoriale, ou guik-mon. Intérieur noir semé de kiri-mon d'argent; autre armoirie impériale officielle.

Diam., 29 cent.

123 — Grande boîte en laque noir usé à damier et ornements d'argent. A l'intérieur, un plateau fermant la grande cavité.

Long., 24 cent; larg., 17 cent; haut., 11 cent.

124 — Boîte oblongue à angles arrondis ; laque noir à reliefs d'or. Doublure aventurine nuageuse. Travail moderne.

Long., 24 cent ; larg., 9 cent.

125 — Boîte oblongue en laque aventuriné portant en relief d'or de couleurs le chien de Fo mordant la boule symbolique ; derière, sur un rocher, la pivoine en arbre.

Long., 29 cent ; larg., 11 cent.

126 — Boîte circulaire en laque aventuriné ; rocher et plantes en relief d'or.

Diam., 65 cent.

127 — Cantine à trois compartiments en forme de gourde. Laque chamois avec tiges de vignes. Doublure rouge à sarments d'or.

Haut., 23 cent.

128 — Cantine pyramidale composée de cinq boîtes superposées, alternant de couleur.

Haut., 23 cent ; diam à la base, 17 cent.

129 — Cantine pyramidale en laque noir, composée de quatre boîtes superposées.

Haut., 18 cent.

130 — Cantine à quatre compartiments superposés. Laque rouge à paysages en relief.

Haut., 19 cent. ; diam., 17 cent.

131 — Boîte carrée couverte, du même laque.

132 — Plateau en laque brun échiqueté de cannelures et de surfaces à fleurs dorées.

Diam., 23 cent.

133 — Quatre plateaux creusés dans des rondelles de bois portant leur écorce ; en dessous du laque noir ; en dedans du laque d'argent avec oiseaux. Travail japonais moderne.

Diam., 16 cent.

Laque ciselé

134 — Plateau en laque noir antique ciselé, du Japon ; il est semé de fleurs, fruits et oiseaux ornemanisés.

Long., 41 cent. ; larg., 22 cent.

135 — Boîte lenticulaire en laque ciselé très-ancien du Japon ; les reliefs représentent des chrysanthèmes, des pivoines, le lis du Japon et des narcisses.

Doublure noire.

Diam., 145 millim.

136 — Boîte hexagone en vieux laque ciselé du Japon. Dessus est le pêcher symbolique ; les faces, alternativement noires et rouges, sont, les premières à mosaïques, les autres à sujets tirés de l'histoire chinoise.—Doublure noire.

Diam., 85 milli. ; haut., 85 milli.

137 — Table étagère à quatre pieds en consoles ; laque du Japon ciselé à reliefs de diverses couleurs ; on y remarque des fleurs, des grues et des fong-hoang.

Haut., 25 cent. ; larg., 61 cent. ; prof., 40 cent.

138 — Cabinet en écaille laquée à trois tiroirs ; autour, des feuilles palmées ; dessus, deux médaillons ; dans l'un un prince japonais voyage à cheval, suivi de son porte-étendard ; au fond on voit le fousiyama ; dans l'autre, Li-taï-pe, à cheval sur un dragon marin, demande à boire à un cavalier chinois qui passe sur un pont.

Les tiroirs, doublés de rouge, ont des boutons en sowaas qui représentent la grue, un oiseau sur un panier, et un éventail.

Long., 15 cent. ; larg., 95 milli. ; haut., 12 cent.

139 — Petite boîte en écaille laquée portant en relief le platane étoilé et le pavillon nimbé de rouge de la trinité bouddhique.

Long., 55 cent. ; larg., 32 cent.

140 — Boîte en écaille laquée ; on y voit le mont Fousi, un

grand pin, et trois Japonais dont un à cheval, en or ciselé. Travail japonais.

Provient du Palais d'été.

Long., 83 cent. ; larg. 53 cent.

141 — Boîte en écaille laquée doublée de laque rouge. Dessus, des rochers et un faisan entouré de pivoines d'argent.

Long., 228 milli. ; larg., 165 milli.

Laques de Chine

142 — Flacon en forme de gourde ; très-vieux laque de Ti-tcheou à personnages chinois et branches de pêcher à fleurs. Au milieu, un anneau de suspension en argent, et au sommet une monture de même métal à bouchon vissé.

Haut., 65 cent.

143 — Deux boîtes en laque ciselé de Ti-tcheou ; elles imitent une reliure renfermant six volumes, et sur le plat ressortent en relief des personnages, un axis et un pin, puis le titre : Annales de la grande dynastie des Tai-ping.

La boîte noire intérieure forme plateau et renferme deux tiroirs.—Travail très-ancien.

Long., 16 cent. ; larg., 11 cent. ; haut., 85 cent.

144 — Boîte circulaire en laque ciselé de Ti-tcheou. Le dessus, fond vert à reliefs rouges, représente les fruits et fleurs consacrés. Travail chinois ancien.

Diam., 7 cent.

145 — Boîte en vieux laque de Ti-tcheou ; dessus, fond vert avec des fo-cheou en relief.

Diam., 7 cent.

146 — Deux boîtes à thé contenant chacune deux autres boîtes en étain gravé. Laque noir très-richement orné de sujets, dragons, chiens de Fo, en or de différentes couleurs. Travail chinois moderne.

Long., 205 mill.; larg., 165 mill.; haut., 105 mill.

147 — Cabinet à deux vantaux en laque noir à paysages d'or; intérieur imitant une pagode dont les degrés et la base sont composés de tiroirs de diverses grandeurs.

Larg., 59 cent.; haut., 56 cent.; prof. 37 cent.

148 — Jeu de tric trac et échiquier en laque noir et or moderne.

Diam., 42 cent.

149 — Boîte oblongue en métal laqué fond noir, avec oiseaux, arbres et fleurs en relief d'or.

Long., 13 cent.; larg., 7 cent.

150 — Plateau à bord vertical, laque noir, coupé par une haie de bambous en burgau, derrière laquelle s'élèvent des tiges fleuries en or de relief.

Larg., 26 cent.; long., 23 cent.

Céramique

151 — Pou-taï, le dieu du contentement, portant une branche chargée de pêches de longévité. Figurine en vieille porcelaine céladonée, les chairs rosâtres, le reste blanc-gris à rehauts de manganèse.

Haut., 28 cent.

152 — Petite potiche en bleu jaspé; l'ouverture est garnie d'un anneau d'argent.

Haut., 125 millim.

153 — Petit pi-tong en porcelaine découpée à jour, émaillée en bleu turquoise; il figure des tiges de pin et de pêcher à fleurs.

Haut., 10 cent.

154 — Cornet en porcelaine bleu turquoise à nœud médian entouré de grecques d'où partent des feuilles d'eau en relief. En dessus, le cachet de Kien-long.

Pied en bois sculpté.

Haut., 25 cent.

155 — Deux tasses en blanc de Chine imitant les coupes en corne de rhinocéros, et portant en relief le pêcher à fleurs.

Diam., 10 cent.

156 — Vase lancelle en céladon, portant en relief blanc des fleurs et des papillons; en dessous, le cachet de Kien-long. Pied en bois de fer.

Haut., 36 cent.

157 — Vase double à deux anses noires en forme de têtes d'éléphants; grand craquelé rempli de deux couleurs (noir et rouille).

Haut., 33 cent.

158 — Jardinière en céladon, à réserves décorées de bleu sous couverte. Le sujet représente une réunion d'immortels. Moderne.

Diam., 25 cent.

159 — Petit bol à bord évasé, craquelé pourpre à trompe-l'œil, avec l'inscription : *Fait du temps des Taï-Thsing* (XVIIIe siècle).

Diam., 13 cent.

160 — Potiche à huit pans, porcelaine du Japon à riche décor bleu sous couverte.

Haut., 78 cent.

161 — Deux vases à corps ovoïde et col élevé et évasé, porce-

laine du Japon décorée en bleu sous couverte, de paons, fleurs, ornements et paysages.

Haut., 55 cent.

162 — Deux boîtes à thé, carrées de base, porcelaine du Japon, décorée en bleu sous couverte.

Haut., 27 cent.; diam., 10 cent.

163 — Vase lancelle à deux petites anses en chimères (insectes), porcelaine blanche décorée en bleu de groupes de pivoines et de faisans.

Pied en bois de fer sculpté.

Haut., 44 cent.

164 — Vase en porcelaine imitant un vieux bronze; le fond est à grecques en bleu sous couverte, et des reliefs colorés figurent la tête du dragon, des feuilles d'eau, des grecques, etc.

Pied en bois scupté.

Haut., 22 cent.

165 — Théière en forme de gourde couchée. Décor polychrome à perles d'émail en relief.

Travail japonais moderne.

Haut., 17 cent.

166 — Bouteilles à saki décorées de grues entourées des branches du platane étoilé.

Haut., 17 cent.

167 — Autres bouteilles à saki, avec l'oiseau impérial posé sur des rochers.

Travail moderne du Japon.

Haut., 17 cent.

168 — Denx grandes coupes à saki représentant, l'une, une femme lettrée qui écrit; l'autre, une femme du peuple qui vient de laver son linge à la rivière. Japon moderne.

Diam., 16 cent.

169 — Deux grandes coupes représentant, l'une, une dame élégante qui se promène au bord de la rivière; l'autre, un prince japonais avec sa femme en tenue d'étiquette, les cheveux tombants.

Diam., 18 cent.

170 — Deux coupes à saki représentant une princesse en costume d'apparat avec le bonnet officiel, et une femme voilée qui se promène dans un paysage.

Diam., 13 cent.

171 — Coupe à saki décorée en émail bleu et en or; elle représente un paysage pendant l'hiver. Dans un cartouche, une inscription de huit caractères.

Diam., 15 cent.

172 — Boccaro rouge. — Théière pyriforme avec inscription cursive gravée.

Diam., 11 cent.

173 — Boccaro rouge. — Deux théières à bec court et droit et couvercle bombé.

Haut., 15 cent.

174 — Boccaro jaune. — Théière cylindrique à couvercle plat surmonté d'une petite poignée dans laquelle joue un anneau cannelé.

Haut., 85 millim.; diam., 95 millim.

Piqués de l'Inde

175 — Coffret en santal plaqué d'ivoire et orné de piqué extrêmement fin ; le couvercle un peu surélevé, cache sept compartiments, six petits et un grand.

Long., 143 mill. ; larg., 11 cent.

176 — Boîte à jeu oblongue divisée intérieurement en trois compartiments ; elle est en santal et incrustée en dessus d'ivoire et de piqué ; des trous groupés par dizaines bordent les grands côtés.

Long., 28 cent. ; larg., 95 milli.

177 — Corbeille à pourtour ajouré ; elle est octogone oblongue et incrustée de très-fin piqué.

Diam., 25 cent.

178 — Deux grands étuis rectangulaires en santal incrusté de très-fin piqué.

Haut., 12 et 11 cent.

179 — Petite boîte en santal incrustée d'un piqué fin.

Long., 86 milli.

180 — Deux petites boîtes en bois de santal recouvertes, la plus grande, en ivoire à dessins en piqué, l'autre en piqué très-fin.

Long., 89 et 85 milli.

181 — Deux étuis rectangulaires en santal incrusté de fin piqué.

Haut., 10 et 9 cent.

Armes

182 — Epée chinoise à lame droite, poignée en bois cannelé et fourreau en écaille, garnis en cuivre gravé, portant le mot *bonheur* en caractères antiques.

Long., 60 cent.

183 — Sabre d'exécution, lame en forme de feuille, à talon,

avec gravures grossières ; poignée en bois, garnie de métal ; fourreau en bois attaché par trois ligatures de bambou.

Long., 69 cent.

184 — Paire de sabres japonais à poignée de chagrin blanc, garnie en sowaas et en ganses de soie bleue, fourreaux en laque piqueté. Le petit sabre est muni du couteau à manche de sowaas.

Long., 97 et 88 cent.

185 — Grand sabre de cavalier japonais, à poignée en chagrin blanc, garnie, ainsi que le fourreau, en sowaas. Des ganses bleu pâle couvrent la fusée, et la garde porte en relief le dragon.

Fourreau en laque moiré et burgauté.

Long., 1 m. 5 mill.

186 — Petit sabre japonais à poignée en chagrin blanc ; riche garniture en sowaas et ganses de soie brune. Fourreau veiné.

Long., 63 cent.

187 — Kris malais, lame flamboyante en damas noir ; monture en bronze et poignée en corne. Le fourreau est en bois garni de tresses.

Long., 38 cent.

Travaux en écaille, corne et ivoire

188 — Corne de rhinocéros. Coupe dont le pourtour est orné d'une grecque et l'anse formée par un animal fantastique ornemental.

Elle est posée sur un pied en bois délicatement sculpté à jour, et représentant un groupe de nélumbos.

Grand diam., 9 cent. ; haut., 5 cent.

189 — Coupe en corne de rhinocéros sculptée en relief à jours. Près d'un platane et d'un pin est dressé un autel chargé du vase honorifique, du ting, du vase d'accompagnement et d'un vase à parfums ; un homme veille le vin du sacrifice, qui chauffe.

Haut., 13 cent.

190 — Deux coupes très-plates et sans pied en très-belle écaille.

Diam., 145 mill.

191 — Étui en bois d'Amboine avec les extrémités en corne.

Long., 145 mill.

192 — Autre en ivoire portant incrustée en dessus l'armoirie de Simiotsoeke.

Haut., 12 cent. ; Diam., 82 millim.

193 — Trois tasses en bois de fer doublées de métal, à l'usage des bonzes.

Diam. des tasses, 95 milli.; des soucoupes, 10 cent.

194 — Jeu d'échecs en ivoire chinois avec personnages en costume moderne.

195 — Bouton de ceinture lenticulaire sculpté en haut relief de dragons dans les flots ; les yeux des dragons sont en nacre ; une petite plaque de nacre incrustée, près du passant, porte une inscription de deux caractères japonais.

Diam., 7 cent.

196 — Deux boutons de ceinture en ivoire. L'un est sculpté en bas relief d'un enfant qui lance des flèches sur un vase de fruits. L'autre porte, en relief et en incrustations colorées, des oiseaux, animaux et fleurs.

197 — Groupes en ivoire servant de breloques de ceintures ; ils sont au nombre de soixante-dix environ et seront divisés par lots de quatre et de six sujets.

Objets divers

198 — Bouton de ceinture en émail cloisonné ; le dessus est une plaque d'ivoire incrustée de plantes en relief taillées en nacre, ivoire colorié et pierres diverses.

199 — Dessous de bouton en vieux laque ciselé noir et rouge, et bouton complet en laque rouge orné de chrysanthèmes.

200 — Tableau à fond laque jaune portant en reliefs de bois, nacre, ivoires colorés et pierres diverses, des personnages chinois, des bambous, des oiseaux et des rochers. Le cadre est en ébène incrusté de burgau.

Larg., 1 m. 28 cent. ; haut., 85 cent.

201 — Trousse de fumeur d'opium. Elle se compose d'une poche en cuir chagriné à serrure de sowaas avec figures en relief et châtelaine avec chaînes et porte-mousqueton, supportant l'étui dans lequel est la pipe, en métal finement ciselé d'un dragon.

202 — Pipe et lampe de fumeur d'opium.

203 — Deux pipes à eau en cuivre jaune, la plus petite percée à jour.

Haut., 41 et 23 cent.

204 — Gong ou tam-tam chinois.

Diam., 57 cent.

204 *bis* — Casque japonais, muni de ses appendices et de sa crinière.

205 — Sandales tressées à semelles de cuir.

206 — Hache en serpentine dans sa monture en bois.

207 — Dent molaire d'éléphant.

Bronzes d'ameublement

208 — Pendule Louis XVI en bronze doré au mat et en marbre blanc. Le mouvement est supporté par deux cariatides de femmes se terminant en rinceaux.

209 — Deux flambeaux-cassolettes à trépied en bronze doré en partie.

210 — Deux grands flambeaux de style Louis XV, en bronze ciselé et doré.

211 — Deux chenets Louis XVI, en bronze ciselé, à vases et guirlandes de laurier.

212 — Petite horloge de forme carrée, en bronze, à ornements en argent découpés à jour, et à clochetons et figurines. Mouvement à grande sonnerie.

213 — Deux petits bras-appliques à une lumière, en bronze finement ciselé et doré au mat. Les branches à rinceaux, se terminent par une tête de dragon. Époque Louis XVI.

214 — Deux petits chenets en bronze de style Louis XIV, à figures de lions couchés.

214 *bis* — Garniture de cheminée : pendule et candélabres en bronze doré, à figures d'enfants bronzées.

215 — Galerie de cheminée en bronze à figures d'enfants, sur socle de style rocaille.

216 — Deux grands Flambeaux Louis XVI, en bronze ciselé et doré à canaux creux et feuilles.

Meubles

217 — Petite commode du temps de Louis XV, à deux tiroirs, de forme contournée en marqueterie de bois à quadrilles et rosaces, garnie de bronzes.

218 — Deux grands et beaux fauteuils du temps de Louis XIV, en bois sculpté et doré, de forme très-élégante. Les dossiers sont surmontés de couronnes de fleurs et d'attributs divers, et ils sont garnis en damas de soie.

219 — Fauteuil Louis XV, en bois sculpté et doré, garni en brocatelle fond vert à fleurs.

220 — Cabinet en bois noir enrichi de plaques de jaspe-agate et reposant sur une table en bois noir, formant bureau. XVIe siècle.

221 — Petit meuble en bois sculpté à deux portes, orné de figures dans des médaillons et d'une tête de chérubin en haut relief.

222 — Console de forme cintrée en bois d'acajou, supportée par des colonnettes cannelées, et à tablette d'entre-jambes et dessus en marbre blanc. Elle est enrichie d'ornements en bronze. Époque Louis XVI.

223 — Petit meuble cabinet fermant à deux portes, en marqueterie de bois à l'intérieur, et en bois noir incrusté de filets de cuivre à l'extérieur.

224 — Table du temps de Louis XIV, en bois sculpté, sur pieds carrés à chapiteaux ioniques et à dessus de marbre.

225 — Cabinet et sa table support en marqueterie de bois et ivoire à fleurs et ornements. Travail flamand.

226 — Meuble de salon composé de trois fauteuils et deux chaises en bois sculpté et doré, garnis en damas de soie bleue. Époque Louis XV.

227 — Quatre fauteuils Louis XVI, en bois peint en blanc et garnis de tapisserie au petit point à fleurs en camaïeu vert sur fond blanc.

228 — Grande pendule et son socle-support, décores de fleurs peintes en couleurs et richement garnie de bronze rocaille. Epoque Louis XV.

229 — Console en bois doré à dessus de marbre. Même époque.

230 — Deux escabeaux à pieds et dossiers sculptés.

231 — Grande tapisserie, paysage et animaux.

232 — Service en porcelaine de la fabrique de Nast; il est composé de neuf tasses variées, un sucrier, une théière et un pot à crème.

233 — Cadre ovale en argent doré, surmonté d'un nœud de ruban. Charmant travail Louis XVI.

234 — Sardoine gravée en intaille; sujet antique de douze figures.

RED. :

19

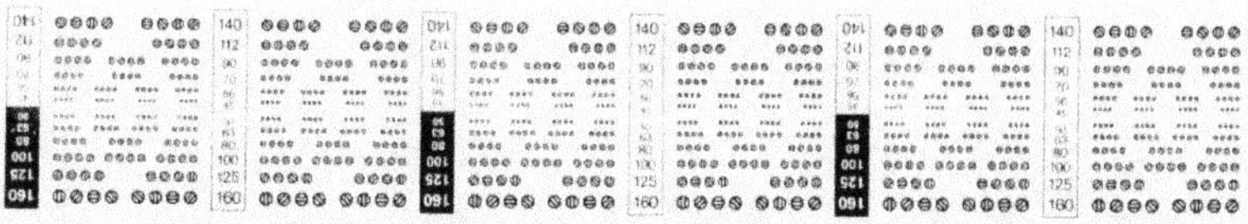

MIRE ISO N° 1
NF Z 43-007
AFNOR
Cedex 7 - 92080 PARIS-LA-DEFENSE

graphicom

0 1 2 3 4 5 6 7 8 9 10

www.ingramcontent.com/pod-product-compliance
Ingram Content Group UK Ltd.
Pitfield, Milton Keynes, MK11 3LW, UK
UKHW021505260726
13993UKWH00004B/1571